大偵探
福爾摩斯
自行車怪客

U0053535

SHERLOCK HOLMES

✤序✤

　　20多年前留學日本時，看過一套電視動畫片集，叫做《名探偵福爾摩斯》，劇中人物全都是狗。這個擬人化手法，把福爾摩斯查案的經過拍得活靈活現，瘋魔了不少日本小朋友，也讓我留下深刻印象。後來才知道，這套動畫片集的導演不是別人，原來就是後來拍了《天空之城》、《龍貓》和《崖上的波兒》的大導演宮崎駿！

　　創作這套《大偵探福爾摩斯》圖畫故事書時，與負責繪畫的余遠鍠老師談起這段往事，我們都覺得這個手法值得參考。但珠玉在前，怎樣才能編繪出不同的變化呢？經過一番討論後，我們決定再激進一點，索性把整個動物世界搬過來，把福爾摩斯變成一隻擬人化的狗、華生就變成貓，其他還有兔子、熊、豹和熊貓等等。

　　於是，在余遠鍠老師的妙筆之下，一個又一個造型豐富多彩的福爾摩斯偵探故事，就這樣展現在眼前了。希望大家也喜歡吧。

厲河

大偵探
福爾摩斯
——自行車怪客——

登場人物介紹

福爾摩斯

居於倫敦貝格街221號B。精於觀察分析，知識豐富，曾習拳術，又懂得拉小提琴，是倫敦最著名的私家偵探。

華生

曾是軍醫，為人善良又樂於助人，是福爾摩斯查案的最佳拍檔。

小兔子

扒手出身，少年偵探隊的隊長，最愛多管閒事，是福爾摩斯的好幫手。

李大猩 & 狐格森

蘇格蘭場的孖寶警探，愛出風頭，但查案手法笨拙，常要福爾摩斯出手相助。

史密斯

愛騎自行車的家庭教師。

豬德利

性情粗暴、厚顏無恥的小人。

卡拉瑟斯

謙厚有禮的農莊主人。

威廉森

年老的牧師。

忙碌的大偵探

星期六下午，一輛**自行車**開到貝格街221號B停下，車上走下一個美麗的年輕女子，她抬頭看了一看門牌，把車停在大門口後，急匆匆的推門上樓，突然，樓上傳來一陣呼喝聲：「我不想吃呀！**快滾！**我已忙得要死了，不要再來煩我！」

接着，一個黑影隨着「噠噠噠」聲衝下來，「嗡」的一下，的腳步正好撞到年輕女子的身上去。

「啊！對不起，我沒看到你上來。」原來衝

下來的是小兔子，他口裏還咬着一根斷了半截的**紅蘿蔔**。

「沒事，只是碰到一下罷了。」年輕女子說着，往樓梯上面看了一看，「樓上的人好兇呢，罵人的聲音連這裏都聽見了。」

小兔子**旺旺**眼睛，猶有餘悸地道：「你說得對，上面住了一

頭**惡狗**，隨時會咬人一口。」

「啊，是嗎？我還要到樓上找福爾摩斯先生呢。
那怎麼辦？」年輕女子有點擔心。

「你改天再來吧，現在不是時候，因為我說的
那頭惡狗，就是你要找的那個人——**福
爾摩斯**。」小兔子說得煞有介
事，但也不忘咬了一口紅蘿蔔。

「不行，我老遠
跑來，一定要
見到他。」

女子焦急地說。

　　好管閒事的小兔子眼珠子一**轉**，問道：「你有什麼事？我去通傳一下，不過見不見你，得看你遇到的麻煩好不好玩。」

　　「我被一個**神秘人**跟蹤。」

　　「啊！這看來很好玩呢！是男還是女？」小兔子又咬一口紅蘿蔔，興奮地問。

　　「是男的。」女子說。

　　「啊！那就太好玩了！你在這裏等着，讓我馬上去告訴福爾摩斯先生！」小兔子轉身就往樓上跑去。

　　「砰」的一聲，小兔子撞開大門，說：「**不得了！不得了！有位女士被人跟蹤，有生命危險！**」他知道不誇張一點的話，剛把他趕

走的福爾摩斯一定會**大發雷霆**。

　　坐在一旁看報的華生連忙放下報紙，正想要問個清楚時，我們的大偵探已轉過身來，向小兔子大吼一聲：「剛才說要請我吃紅蘿蔔，現在又想編造一些理由來煩我嗎？」

　　小兔子瞪大眼睛抗議：「是真的，她就在樓下啊，我沒騙你。」說完，賭氣似的「嘎吧」一聲，又狠狠地咬了一口紅蘿蔔。

　　「就算是真的我也不管，現在手上這個案子已把我忙死了，哪還有空再調查什麼**跟蹤案**！」說完，

福爾摩斯回過頭去，翻閱他堆在桌上的文件。

小兔子看看華生，希望他出口相助。但華生聳聳肩，表示無能為力，因為他知道福爾摩斯正為一宗煙草商的案件而頭痛不已，實在騰不出時間來調查其他案件。

就在這時，「嘰」的一聲，有人輕輕地把半掩的大門推開，一腳踏了進來。當然，來者正是那位在門外已聽到一切的年輕女子。她向小兔子說：「謝謝你的幫忙，由我直接向福爾摩斯先生求助吧。」

可是，福爾摩斯頭也不回，邊翻閱文件邊說：「不必說了，**我實在沒空**，況且被人跟蹤這種小事，找警察幫忙就行了。」

女子沒聽到似的，向華生問道：「我名叫維奧萊特・史密斯，請問這位先生怎樣稱呼？」

「我⋯⋯」華生還未開口，小兔子已搶着說了：「這位是華生醫生，是個好人來的，不管多忙，也樂意幫助別人，不像那個⋯⋯」沒說完，就了福爾摩斯的背脊一眼，言外之意，當然是指我們的大偵探**袖手旁觀**，沒有人情味了。

華生有點尷尬地**搔搔**頭皮說：「小兔子他太誇張了，我只是⋯⋯」

女子還沒待華生說完，就有禮地問道：「華生先生，我可以坐下來嗎？」華生還未來得及反應，她已**老實不客氣**地坐下來了。

華生看一看福爾摩斯的背脊，又看一看眼前這位漂亮的史密斯小姐，顯得有點**手足無措**，不知道該代替福爾摩斯婉拒她的要求，還是讓她說明來意才好。

小兔子睜大了眼睛，他沒想到表面柔弱的史密斯小姐竟然不理福爾摩斯的決絕，厚着臉皮一屁股就坐下來了。

這實在太好玩啦，我們的大偵探遇上了一個**難纏**的對手啊，這場熱鬧又怎能錯過。

想到這裏，小兔子感到非常興奮，於是又顯露出他**愛管閒事**的本色，說：「嘻嘻嘻，史密斯小姐，你和華生醫生慢慢談，我去倒茶。」

說完，就**奔奔**

跳跳地跑到樓下房東太太的廚房去了。

「華生先生，我被人跟蹤了，可以幫我查出跟蹤者的身份嗎？」史密斯小姐說。

「這……」華生以求助的目光

望向福爾摩斯，但他那

塊像**鐵板**似的背脊，無情地擋

住了華生想說的說話。

突然，福爾摩斯「啪」的一聲

扔下手上的文件，猛然轉過身來，目

不轉睛地打量了一下史密斯小姐，

然後說：「你常騎自行車吧？」

「啊?」史密斯小姐有點**愕然**。

福爾摩斯未待史密斯小姐答話,突然站起來,走到她面前,一手抓起她那沒戴手套的右手細看,那個動作和眼神簡直就像科學家在檢驗**生物標本**。史密斯小姐想把手縮回去,但被福爾摩斯緊緊抓着,動彈不得。

華生覺得老搭檔太魯莽了，連忙提醒：「**福爾摩斯！**」

我們的大偵探看一看華生，再看一看史密斯小姐，面上展露了一下莫名其妙的微笑，放下她的手說：「對不起，我的**職業病**又發作了。第一下看見你的手時，還以為你是個**打字員**呢。不過，我現在知道你是**彈鋼琴**的，對嗎？」

「噢，對了，你居住在**鄉郊**，不是長居

倫敦的人。」福爾摩斯連消帶打似的，未等客人回答，又說出了自己的看法。

「福爾摩斯先生，你說的都對。我喜歡騎自行車，在薩里郡的方漢鎮當家庭教師，彈琴也是我教授的科目之一。請問你是怎樣知道的？」史密斯小姐不掩詫異地問道。

「細心觀察就會知道了。」福爾摩斯坐回他的椅子上說，「你鞋底的邊上**磨蝕**得比較嚴重，應該是與自行車腳踏板

磨擦而造成的；你的指尖又扁又闊，打字和彈琴的人都有這個特徵。但打字員的**工作刻板**，臉部表情常會給沉悶的工作磨平了。不過，彈琴的人大都**感情豐富**，你那

生氣勃勃的臉容，表明你是玩音樂的。

最後，天色陰沉的倫敦不會曬出你臉上那**健康的膚色**，所以我知道你一定是住在鄉郊。」

「福爾摩斯先生好厲害啊！」小兔子興奮地叫道，他已捧着一杯茶站在門口，聽到了福爾摩斯的分析。

福爾摩斯向小兔子瞟了一眼，忽然大喝：「呆在那裏幹什麼？還不快點把茶端過來！客人可是你請來的呀！」

「**嘻嘻嘻。**」小兔子並沒有被福爾摩斯的喝罵嚇倒，反而嬉皮笑臉地走到史密斯小姐身旁，把茶杯放下。他知道，我們的大偵探已決定接受了這宗案件，自己的策略**得逞**了。

不過，福爾摩斯又哪會這麼輕易放過害他

硬吞這宗案件的小兔子，他一腳端向小兔子的屁股，再喝道：「我的咖啡呢？看見漂亮的小姐就**大獻殷勤**，連我的咖啡也不管了嗎？」

「哎呀！知道啦，大偵探！」小兔子邊摸着屁股邊叫，「咖啡不下**砂糖**，對嗎？」說着，就一溜煙似的奔下樓去了。

小兔子和福爾摩斯簡直就像一大一小的淘氣**活寶貝**，一對一答都配搭得絕妙，逗得史密斯小姐和華生也不禁笑起來。

叔叔的朋友

「**咳咳咳**。」福爾摩斯裝模作樣地清了一下喉嚨，擺出一副嚴肅的樣子，轉過頭去向史密斯小姐說，「我知道薩里郡的方漢鎮在哪裏，那是一個美麗的地方，我和華生醫生就在那附近捉到著名的騙子史丹佛。對了，你說被人跟蹤，究竟是什麼一回事？」

「啊，福爾摩斯先生，你願意幫忙調查了？我實在不勝感激。」史密斯小姐說着，把坐姿端正一下，道出困擾了她好一段時間的經歷。

「我父親多年前已過世了，他生前是在國立劇院當**交響樂團**的指揮。我現在跟媽媽相依為命，本來我還有個叔叔的，但他在 **25年前**

去了非洲後，就一直 音信全無 。

　　不過，在幾個月前，有人告訴我們在《泰晤士報》看到了一則 尋人啟事 ，內容大致是指叔叔委託朋友要在倫敦找尋我們母女的下落。我知道後就立即跑去廣告上指定的律師行，在那裏見到了兩個男人，他們是一起從南非來的，自稱是叔叔的朋友。」

「啊，你就是史密斯小姐嗎？」一個中等身材、相貌和善的中年男人滿面笑容地走過來，「我叫卡拉瑟斯，是你叔叔的朋友。」

「我叫豬德利，也是你叔叔的朋友。」

另一個壯健的男人也走過來說。但他**面帶煞氣，語調粗魯**，看來不是一個善類。

我不習慣面對陌生人，心想把事情弄清楚後就馬上離開，於是問道：

「我的叔叔怎麼了？他25年來全無音信，為什麼突然要找我和媽媽呢？」

那個叫卡拉瑟斯的男人答道：

「其實，我們和你的叔叔在南非共事，大家都是好朋友。他在幾個月前因病逝世，死前還叮囑我們回倫敦後一定要找到你……」

「對對對！」豬德利無禮地打斷他的同伴，「你的死鬼叔叔叫我們好好照顧你，大家是老朋友嘛，我們一抵達倫敦就到處打探你們兩母女的下落了。」

我雖然對豬德利的用詞感到不悅，但仍盡力保持禮貌地問：

「叔叔他為什麼不早一點找我們呢？」

卡拉瑟斯先生一臉祥和地說：

「據說你叔叔和令尊的關係並不好，所以離開英國後就沒有和你家聯絡了，直至最近才知道令尊已過身多年，本來還想回來看你們兩母女的，可是又突然發病不良於行。看來，他對自己久不通信感到非常懊悔。」

「是呀！他也太過無情了，臨死才懊悔也太遲了，你說對嗎？史密斯小姐。不過很多人都是這樣的啦，不到死也不流眼淚，哈哈哈。」

豬德利以為自己很幽默，其實他的說話聽在我的耳裏實在**粗鄙不堪**。

可能卡拉瑟斯先生也覺得這個同伴太無禮了，於是瞪了他一眼，才對我說：

「請恕我問得直接，你現在有工作嗎？令堂身體好嗎？」

我覺得這位卡拉瑟斯先生有禮又和善，於

是就把實情相告：

「我們還好，只是
生活得比較清苦而已。
我懂得彈鋼琴，正在教
小朋友彈琴，收入雖然
不太穩定，但也總算勉
強夠生活。」

那個粗魯的豬德利聞言，馬上插嘴：

「勉強夠生活即是不夠
錢用啦。我看你穿的衣服
就知道了，你長得這麼漂
亮，實在難為了你啊。」

說着，還以 色迷迷 的眼神

把我全身打量一番。

當時我實在氣憤極了，想馬上就離開，不過卡拉瑟斯先生臉色一沉，狠狠地瞪了豬德利一眼，才把我拉到一旁輕聲說：

「豬德利先生是個粗人，他其實沒有惡意，你不必管他。對了，我在薩里郡的方漢鎮有個農莊，妻子已經過身，現在跟十歲的女兒同住，你願意來我家當家庭教師，教她彈鋼琴嗎？」

「這……」

我感到太突然了，一時窮於回答。

27

「年薪 100 鎊，如何？」卡拉瑟斯先生可能看見我猶疑吧，於是**單刀直入**地提出了條件。

「啊！100 鎊？」我心動了，因為這個年薪對一個家庭教師來說，是破格地高的了。但想了一想自己的處境，只好無奈地回答：「我不能扔下媽媽一個人不管啊……況且，我已訂了婚。」

我察覺到，本來漫不經心地聽着的豬德利突然全身都**繃緊**了，他對我的說話似乎頗為緊張。

雖然我的回答似乎也**觸動**了卡拉瑟斯先生的神經，但他馬上又回復滿面笑容地說：「你可以每個週末回家看望媽媽呀。」

100 鎊！

　　福爾摩斯聽到這裏，問道：「於是，你就答允到方漢鎮出任**家庭教師**了？」

　　「是的。卡拉瑟斯先生提出的條件實在太吸引了，那一筆薪金可以馬上改善媽媽的生活，這是我一直想做，但又無法做到的。」史密斯小姐說。

　　「對了，你當了他女兒的家庭教師多久？」華生問道。

　　「四個月了。卡拉瑟斯先生的女兒很聽話，農莊的管家狄克遜太太也**和藹可親**，我對這份工作很滿意。可是……自從早前那個叫豬德利的男人跑來農莊作客一個星期後，一切都起了變化。」

　　「哦？」福爾摩斯上身前傾，臉上露出了**好奇**的表情。

一天，「在這裏住得很舒服吧？」豬德利趁卡拉瑟斯先生不在家時，走過來對我說。

　　「還好。」我不想和這個傢伙有任何交往，於是故意冷冷地回答。

　　但那個豬德利再走近一步，突然充滿激情地對我說：「嫁給我吧！我可以讓你住得比這裏更豪華；穿得更漂亮；吃得更好。」

　　我對這突如其來的示愛感到非常害怕，連忙退開。

　　但如餓狼似的豬德利並不放過我，他闖前一步，把他那散發着一股臭氣的豬頭逼近我的臉龐，眼睛睜得大大的說：「親愛的史密斯小姐，我第一次見到你已愛上你了，我每天每夜

都在想着你，晚上更為你不能安眠。鑽石！
每個女人都喜歡鑽石，就讓我過幾天去倫敦買
一隻大得你不能相信的鑽戒給你，怎樣？你不
可能拒絕我這個出價吧？嫁給我！你一定要嫁
給我！否則你一定會後悔。」

　　我聽後簡直不敢置信，哪會有人這樣求愛
的，他竟然用「出價」來表達自己的愛意，我

於是斷然拒絕：「**你滾開！我是一個人，不是一件價高者得的貨品。**」

　　說完，我轉身就走。可是，那傢伙突然抓住我的手臂，猛地把我拉回來，然後用手捏住我的**脖子**，還吃吃笑地說：「嘿嘿嘿，你們這些女人總愛玩這種玩意，無非是想突出自己的嬌貴，好把**叫價**抬高罷了。沒關係，條件可以慢慢談，先給我一個熱吻吧。」

那傢伙說着就要吻過來，我拚命地掙扎，但他力氣很大，怎也掙不開。就在這時，幸好卡拉瑟斯先生回來了，他馬上衝過來，一把拉開那無禮的傢伙，並大喝：

「你想幹什麼？」

那傢伙見好事沒得逞，一怒之

下，竟然一拳打過去，把卡拉瑟斯
先生打倒在地上。

神秘的跟蹤者

「啊⋯⋯」華生不禁**啞然**，他沒想到竟然有這麼無賴的人。

「那麼，那位卡拉瑟斯先生有沒有撲上去還他一拳？」小兔子**興味**十足地追問，不知道什麼時候，他已捧着一杯咖啡站在福爾摩斯身旁了。

福爾摩斯接過**咖啡**，喝了一口，才突然向小兔子喝道：「大人談正經事，不准插嘴！否則把你一腳踹出去！」

「**嘻嘻嘻**，房東太太說這咖啡很好喝，我沒下砂糖。」小兔子故意把話題岔開，然後跳到一旁安靜下來。福爾摩斯的呼喝，看來對這個臉皮厚厚的小傢伙已起不了任何作用。

大偵探歎了一口氣，向史密斯小姐問道：「後來怎樣了？」

「後來，他們爭吵了一下，豬德利就**悻悻然**地離開了。卡拉瑟斯先生還充滿歉意地向我道歉，並保證以後不會再發生這樣的事，叫我安心工作。不過……」史密斯小姐一頓，然後滿臉憂慮地繼續說，「自從那次*衝突*之後，一件奇怪的事情就發生了……」

我為了探望媽媽，每個星期六都會乘中午 12時22分 開出的火車回倫敦。由於卡拉瑟斯先生的 切爾登農莊 距離方漢鎮的 火車站 頗有一段路程，所以我喜歡騎自行車到車站去，與媽媽度過週末後，在星期一回來時，又會騎自行車從車站回農莊。

火車站

嘩葛羅大宅

切爾登農莊

從切爾登農莊出來，是一條直路，沿途都很僻靜，尤其是其中一段長達一哩左右的路，它的一邊是一片荒

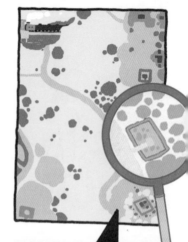

往火車站

查寧頓大宅

荒原

往切爾登農莊

原；另一邊則是被茂密的樹林包圍的查寧頓大宅。我雖然膽子大，但每當踏着自行車經過

那段路時，都是**戰戰兢兢**的，生怕在幽暗的樹林中會跳出個什麼來。

兩個星期前的星期六，在經過那段路時，我下意識地往後面望了一下，發現距離幾十碼之外，有一個男人也正騎着自行車朝着我的方向走來。由於相距太遠了，我看不清楚他的相貌，但隱約看到他蓄着**黑鬍子**，大概是個中年人吧。

當我騎車抵達方漢鎮後，回頭一看，那個男人已不見了。我不以為意，就不把它當作一回事，很快就忘記了。

可是，當我在星期一從倫敦回到方漢鎮，再從車站騎自行車回農莊時，又在同一段路上發現那個**神秘人**遠遠地跟着我。不過，當接近農莊後，他又忽然失蹤了。

我雖然感到有點奇怪，但以為只是偶然，故也沒有放在心上。不過，上個**星期六**和接

着的**星期一**，同樣事情又發生了，那人像第一次那樣老遠地跟着我，這叫我心裏**發毛**，畢竟那段

路太僻靜了，求救的話也叫天不應叫地不聞啊。

我回到農莊後，馬上把此事告知卡拉瑟斯先生。他聞言後，感到非常詫異，於是對我說：「不用擔心，我剛好已訂購了一輛**馬車**，每逢週末就讓馬車送你去火車站吧，有馬車夫相伴，你就不必害怕了。」

我聽到後很開心，可是，一個星期過去了，馬車還沒有送來，我今天又要來倫敦探望媽媽，只好像往常那樣，獨自一個人騎車經過那條荒

僻的路。

　　開始時並沒有人跟着，但不一刻，我回頭一看，赫然發現那個**神秘人**又騎着自行車跟在我後面。

　　我實在無法忍受下去了，於是*猛然加速*，希望能夠擺脫他。但那人並不示弱，也跟着我加速，不過卻始終保持着一定距離，沒有進一步接近。

　　我估計無法擺脫他，就大着膽子以退為進，突然**刹車**停在路中間，看看他有什麼反應。實在太奇怪了，那人看見我刹了車，也連忙把車刹停，在路中間和我**遙遙相對**，並沒有走近。

　　那人似乎沒有傷害我的意思，我的膽子就更大了，看見前面有一個**拐彎處**，於是出盡全力地**踩**腳踏板，拐了彎後就停車埋伏，如果他追上來，我就可以把他逮個正着，質問他為

何老是跟着我了。

　　然而，我等了兩三分鐘，也看不到他追上

來。於是，我走回拐彎的路口查看，但那傢伙竟然連人帶車消失了！

「我越想越害怕，想起了一個朋友說過你是倫敦最出名的**私家偵探**，所以今天中午一抵達倫敦後，馬上就趕來找你幫忙了。」史密斯小姐心有餘悸地說。

華生看一看低頭沉思的老搭檔，心想：「這麼特別的案件，**口硬心軟**的福爾摩斯沒理由不接吧。」

果然，福爾摩斯抬起頭來「嘿嘿嘿」地低笑了幾聲，並「嚓嚓嚓」地搓着雙手，從這些反應看來，他顯然已被這宗**不可思議**的案件吸引住了。

「史密斯小姐，你肯定那條路沒有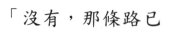吧？」福爾摩斯問。

「沒有，那條路已走了很多遍，不會錯。」史密斯小姐肯定地說。

「他是否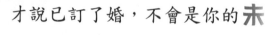走了呢？」華生問。

「不可能，如果他掉頭走的話，我會看得見的。」

福爾摩斯想一想，然後問道：「你剛才說已訂了婚，不會是你的**未婚夫**來監視你吧？」

「不可能！」史密斯小姐語氣有點激動，「他在考文垂市

46

工作，怎麼會跑到方漢鎮來。況且，他不是那

種疑心重的人。」

「那麼，有沒有其他人正在

追求你呢？」福爾摩斯問。

「以前有幾位的，但我訂

婚後就沒有了。不過，如果豬德利那種與威逼無

異的方式也算追求的話，他就是

唯一的一個。」說完，史密斯小

姐低頭沉思，似有**難言之隱**。

福爾摩斯當然注意到這個細

微的變化，於是說：「你

好像還沒說完呢。」

她**愣怔**一下，沒想

到福爾摩斯看穿了她的

心事，只好老實說：「還

有卡拉瑟斯先生，可能只是我的**錯覺**，但我總覺得他對我有意思。」

　　「他沒向你表白吧？」福爾摩斯問。

　　「沒有，他是個紳士，知道我已訂婚，就不好表白吧。」史密斯小姐說。

　　「**直覺！**」小兔子突然插進來，「錯不了，是直覺！女人的直覺是最準確的，他一定對你有意思。」

說完，還托着腮，自個兒不停地點頭，好一副

老氣橫秋的樣子。

　　福爾摩斯和華生聞言，驚嚇得幾乎從椅子上摔下來。這個小鬼頭居然還說起什麼「女人

的直覺」來，實在太過**人細鬼大**了。

福爾摩斯已沒有氣力罵他了，只能沒好氣地說：「你可以靜靜地聽，不插嘴嗎？」

小兔子知道闖禍了，慌忙立正敬禮：「遵命！」然後緊閉嘴唇，不再作聲了。

福爾摩斯忽然想起什麼似的，問：「對了，那位卡拉瑟斯先生是幹什麼工作的？」

「我也不太清楚，但他每星期都來倫敦兩三次，好像是來處理南非**金礦**的生意，看來很有錢。」史密斯小姐說。

福爾摩斯沉吟半晌，然後面帶微笑地道：「我現在雖然很忙，但我會儘量抽時間來調查你的案子。

你回去後，不要**輕舉妄動**，有什麼新事情就再來告訴我。」說完，就叫小兔子送客。

當史密斯小姐隨小兔子下樓去後，福爾摩斯好像突然想起什麼似的，趕忙走到窗邊，把頭伸出窗外問道：「史密斯小姐，你星期一乘幾點鐘的火車回方漢鎮？」

這個私家偵探的舉動實在太奇怪了，由不肯接手調查，到勉為其難地聽自己細訴這案子的內容，現在又從二樓探出頭來大叫，他剛才為什麼不問清楚啊。在街上向二樓高

聲答話雖然有點難為情，但史密斯小姐也只好暫時拋下淑女的**矜持**，提高聲量答道：

「是早上9時50分的火車，在滑鐵盧站開出。」

四個疑問

　　福爾摩斯在窗口揮手送別史密斯小姐後，回過頭來向華生問道：「你有什麼看法？」

　　「我有點擔心史密斯小姐的安全，不知那個神秘人會否加害於她。」華生說。

　　「這個我倒不擔心。」

　　「此話怎講？」

　　「如果那神秘人要加害於史密斯小姐的話，他早該出手了，怎會只是遠遠地跟着她。」

「那麼，那人有何目的？」華生問。

「這正是我們要查的。」

「怎樣查？」

「首先，要查出豬德利和卡拉瑟斯兩人的**關係**，他們顯然是性格完全不同的人，為何會走在一起呢？

其次，要查清楚他們幫助史密斯小姐兩母女的**真正理由**，真的是受死去的朋友所託那麼簡單？依史密斯小姐所說，那位卡拉瑟斯還像一個樂於助人的紳士，但那個粗魯的豬德利呢？他怎樣看也只是個惡棍，又怎會無故助人？

第三，卡拉瑟斯的行為也古怪，他願意付市價的雙倍薪金去聘請一個家庭教師，卻連一輛小馬車也沒有。他是否真的是個**有錢人**？

最後，還要找出那間**查寧頓大宅**有什麼人住。」福爾摩斯滔滔不絕地說出了四個調查的方向。

「查寧頓大宅？是什麼地方來的？」華生不明所以。

「你忘了史密斯小姐的描述嗎？」福爾摩斯

斜眼瞟了一下華生，似對他的粗心大意有點不滿，「她被人跟蹤的那段路，一邊是一片荒原，另一邊則是被樹林包圍的查寧頓大宅。」

「那又怎樣？」華生仍然聽不明白。

「史密斯小姐故意在拐彎的地方停下來埋伏時，那神秘人卻忽然失蹤了，如果他往荒原那邊逃去，她一定看得見。所以，只有一個可能，他一定是往查寧頓大宅那邊走了。」福爾摩斯說。

「哦，我明白了。那麼，你什麼時候去調查？」華生問。

「不，去調查的不是我，**是你**。」福爾摩斯說得理所當然似的。

我？

「什麼？」華生詫異，「為什麼是我？」

「因為是你要我插手調查的，你也知道我現在沒空，你不去，還有誰去？」福爾摩斯狡點地一笑。

「你弄錯了，迫你出手的是小兔子，不是我。我從沒叫過你插手啊。」華生不服氣地抗議。

「嘿嘿嘿。」福爾摩斯胸有成竹地向華生瞅了一眼，「別以為我背向你就看不見，當史密斯小姐求你幫忙時，你是用**求援的眼神**看着我的呀。」

華生赫然一驚，這個人怎麼連我看了他一眼也知道，難道他的背脊長了眼睛。

「嘿嘿嘿，我沒說錯吧。我認得你那個眼神啊，每次你要我出手幫人，就是用那個眼神看着我的。」福爾摩斯得意地說。

這是事實，華生沒有反駁的餘地，只好答允：「好吧，就由我去查一下。不過你得告訴我，為何得悉我在你的背後向你求助。」*

*各位讀者，大家知道為什麼福爾摩斯背着華生也能看到他的一舉一動嗎？答案已寫在故事裏啊。

「這是不出門的專業**祕技**，不能告訴你。」

華生只好放棄追問，但有一點他還想弄清楚，於是說：「但你答應出手，不會僅僅是為了回應我的求助吧？」

「當然不是，我願意出手，是因為她的堅持。」福爾摩斯說。

「她的堅持？」

「對，她在門口已聽到了我的拒絕，但仍闖進來。然後，我背向她再度一口拒絕，但她也不管，還一屁股坐下來。接著，她向你提出請求，其實是借機把話說給我聽。我被她這種堅

持壓倒了。」福爾摩斯的語氣中不無佩服。

「原來如此。」華生明白了。

「而且，從她行事的堅持看來，我估計她也是一個**意志堅強**的人。你知道，受害人意志的強弱，往往是破案與否的關鍵。」

「是的。」華生同意。

「雖然這只是一件無傷大雅的案子，但我樂於幫助一個意志堅強的人，再加上你那求援的眼神，我就更加難以拒絕了。你下星期一乘早一班車到那條路上**埋伏**，等待史密斯小姐騎車經過，看看跟蹤她的是何方神聖，然後再查一查那間查寧頓大宅住着什麼人，查清楚後就回

來向我報告吧。」福爾摩斯說完，又轉過身去，他拿起桌上的**放大鏡**，撿起一本**黑色**封面的書，繼續研究他茫無頭緒的煙草商案子去了。

福爾摩斯這時並未察覺，這宗看似無傷大雅的跟蹤案背後，其實還隱藏着一個影響史密斯小姐一生的**大陰謀**！

大跟蹤

　　星期一早上，華生趕到滑鐵盧火車站，登上了 **9時13分** 開往方漢鎮的火車，這班車比史密斯小姐乘搭的那班車早了一班，可讓他有足夠時間在那段僻靜的路旁找個隱閉的地點藏起來。

　　抵達方漢鎮**火車站**後，華生向剪票員問了一下，很快就找到了往查寧頓石南樹林的方向，史密斯小姐描述的那段路也很易找，正如她所說那樣，路的一邊是開闊的荒原，另一邊則是被茂密的樹林包圍的查寧頓大宅。

　　荒原上有一些矮樹叢，樹叢高數呎，一個人蹲下來的話也好藏身。華生毫不猶豫地在樹

叢中挑了一個比較遠的地方蹲下來，這樣的話，有人騎車經過這段路時，也很難發現他。

而且，從他埋伏的方向望去，可以清楚看見整條直路的兩端。此外，包圍着查寧頓大宅的那些樹籬*就在他的正對面，對他來說簡直就是一覽無遺，一切都已盡收眼底。

華生很滿意自己的選擇，他相信，換了是福爾摩斯，也一定會挑選這個位置埋伏。當然，事實卻往往出乎他的意料之外，這次也不例外。

　　來了！來了！守候了不久，華生赫然發現一個男人騎着自行車出現了。他身穿一套黑色的衣服，雙頰留着黑鬍子，以不疾不徐的速度朝火車站的方向踏去。不過，當駛近查寧頓大

＊樹籬：像籬笆似的在屋子四周種上的樹林。

宅外面的樹籬時，他忽然停下來，並縱身跳下了車，推着車子走到樹籬的後面去了。

華生的眼睛一直追着他的身影，但那人很快就隱沒在樹林之中。不一刻，路的另一端又出現一個騎車的人了，華生一眼就認出來者是史密斯小姐。她騎車的體態輕盈優雅，垂於自行車兩邊的裙襬在微風中輕輕飄動，煞是迷人。

當她來到查寧頓大宅外的樹林時，顯然提高了警戒，不時往四處張望。就在這時，本來

隱沒在樹林中的神秘人如 鬼 魅 般突然出現。華

生不禁緊張起來，他目不轉睛地盯着，心想如

果那人有什麼 不軌 的舉動，就必須馬上跑出去

制止。不過，華生擔心的情況並沒發生，那人

只是不慌不忙地跳上自行車，把上身壓在車把

上，不動聲色地在史密斯小姐的後面跟着。

「此人 鬼鬼祟祟 的，實在可疑。」華生的

視線追着兩人的身影，心中想道。就在這時，

一直向前行的史密斯小姐突然 剎停 了自行車，

並回過頭來盯着對方。那黑衣人並不慌張，只

是也連忙剎車，與史密斯小姐遙遙相對。看來，

有了上次的經驗之後，黑衣人對史密斯小姐出

65

其不意的剎車早有防備。

　　史密斯小姐與黑衣人 對峙 了十來秒吧，
驚人的事情發生了！她猛地掉轉車頭，一鼓作

氣地踏着踏板，直往那黑衣人衝去！在樹叢中
旁觀的華生被她的這個舉動嚇了一跳，那黑衣
人更是 陣腳大亂，他也連忙掉轉車頭，用盡
全力地踏呀踏，一溜煙似的落荒而逃。

　　好厲害！華生暗叫，福爾摩斯的觀察沒錯，這個年輕漂亮的女子果然**意志堅強**！換了是一般的女子，單被跟蹤已肯定害怕得**渾身發抖**，哪還有能力反擊。

　　史密斯小姐以為嚇走了黑衣人，於是又掉頭往農莊的方向踏去。不過，那黑衣人實在難纏，他回頭看見史密斯小姐沒再追來，又掉過頭來繼續他的跟蹤大業。

　　哎呀，這個黑衣人怎會這麼**厚顏無恥**啊。人家正面衝過來，你就怕得屁滾尿流般逃走。

當人家不追你了，你卻又掉轉車頭死跟着人家不肯走。你還是個男人來的嗎？華生實在看不過眼了，要不是福爾摩斯吩咐他只能**靜觀其變**，他肯定按捺不住站起來大罵了。

黑衣人一直跟着，直到在拐彎處消失為止。華生仍留在**樹叢**中，他不是為了欣賞風景，現在是查案嘛，哪有這種閒情。他是估計那黑衣人總不會一直跟着，跟到人家家裏喝完茶才走吧。所以，他一定會回來。

果然，那人騎着車回來了，他騎到查寧頓大宅的大門口轉了進去，然後又跳下車，在樹林中像**貓兒洗臉**似的把弄了一會兒。可惜的是他背向馬路，華生看不見他究竟在搞什麼。接着，他又上車了，並一直往那大宅騎去。

唏！到我出動啦。華生連忙從樹叢中鑽出

來，地跑過馬路，躲在入口的石柱後面窺看，只見那黑衣人騎着車，穿過一叢茂密的灌木，然後就像來時那樣，仿如般消失了。

搏擊高手

史密斯小姐那一下**回馬槍**實在精彩，那黑衣人也實在窩囊，回去把自己目睹的情景告訴福爾摩斯的話，他肯定會驚訝得連眼珠子也掉下來吧。想到這裏，華生開心得幾乎笑出聲來。已好久沒有這麼興奮了，這股感覺叫什麼來着？對了，是叫「**自我感覺良好**」。一陣春風拂到臉上，華生感到飄飄然，啊，這感覺實在太美妙了。回到了方漢鎮，華生幾乎忘記了福爾摩斯的另一個囑託——查清住在查寧頓大宅的是**何方神聖**！

幸好，他經過火車站附近的一間地產中介公司時，想起了未完的任務，於是

順便推門進去查問。可惜店裏的地產經紀並不知情，還叫他到倫敦的帕碼街去問一下，因為那兒是 **地產中介行** 的集中地。

結果，華生跳上火車回到倫敦，並在回家之前到帕碼街走了一轉，他很容易就在一家著名的中介行找到了有用的情報。原來那間空置多時的大宅在一個月前才租出，租客的名字叫 **威廉森**，是個年長的紳士。

華生想進一步追問，但地產經紀守口如瓶，不肯再透露更多消息。華生也明白，客戶的私隱嘛，總不能放在太陽底下曬 **日光浴**——任人看啊。

沒關係，總算把租客名字弄到手了，再加上那場自行車大追逐的現場描述，福爾摩斯不給九十分，也會打個八十分吧，華生心想。

「什麼？花了一整天時間，你只弄到這麼一丁點的情報？難道你去郊遊了？為何不順便買些土產回來？」福爾摩斯聽完華生的敘述，沒好氣地說。

太大打擊了，華生一心以為會得到的誇獎，竟然變成了無情的挖苦。他心有不忿地問：「我有什麼做錯了？換了是你，你會怎辦？」

福爾摩斯斜眼瞟了一下氣得滿面通紅的華生，說：「如果我是你，就不會扮成蜜蜂躲到遠離馬路的樹叢中。我會在大宅的樹籬裏找個隱蔽的地方藏起來，這樣的話，就可以清楚看到那個黑衣人的相貌了。」

「啊……」華生啞口無言。我們的大偵探說得對，如果自己躲在樹籬後面的話，還可以看到那傢伙為何像貓兒那樣背着自己「洗臉」了。

「還有呢！」福爾摩斯並沒有就此放過華生，「查一間郊外的大屋，怎會跑到倫敦的地產公司去找線索？你只要到鎮上的 酒吧 喝杯酒，與酒保或者酒客閒聊一下就行。酒吧是說閒話的地方，很容易就能打聽到有用的消息。」

華生無可辯駁，他這才發覺追隨福爾摩斯已好一段日子了，原來自己學到的只是皮毛。剛才那股良好的「自我感覺」，已在福爾摩斯三言兩語之下完全被砸個 粉碎 了！

「算了吧，不用那麼 垂頭喪氣 啊，至少我們知道史密斯小姐說的都是真的。我們也肯定了黑衣人與查寧頓大宅有關。不過，在下個星期六**黑衣人**再度出現之前，我們不能採取什麼行動。」福爾摩斯說。

然而，福爾摩斯估計錯了。第二天，他收到了史密斯小姐的來信，信中除簡述了一下華生目擊的那場「追逐戰」外，還提供了另一個叫人意外的情報。她是這樣寫的……

......我的僱主卡拉瑟斯先生向我求婚了。雖然我相信他是真心的，但我已訂了婚。他對我的拒絕感到很難過，可事他是個紳士，對我仍然十分友善。但我的處境顯然尷尬多了。

「怎麼辦？」華生看完信後，問道。

「**看來我非出馬不可了。**」福爾摩斯眼裏閃耀着興奮的光芒，「這案子比我起初想像的複雜得多，也越來越有趣了。反正好久已沒郊遊了，就由我來 *跑一趟* 吧。」

華生知道，福爾摩斯已被這個奇怪的案子迷住了。

福爾摩斯說做就做，當天下午就乘火車抵達方漢鎮，並在鎮上找到一間最多人光顧的酒吧，展開了他的調查。

他叫了一杯啤酒後，就向酒保問道：「據說這附近有一間叫做查寧頓的大宅，是嗎？」

「是啊，上個月業主已租給了一個老人，他叫威廉森，還是個牧師呢。」酒保還特別在「牧師」這兩個字上加重了語氣。

「啊？他原來是個牧師？」福爾摩斯心裏一驚，但臉上卻不動聲色，裝着**漫不經心**的追問，「那兒比較荒僻吧？一個老人家住不怕嗎？」

「哪會，除了他之外，還有幾個僕人。而且，他家週末可熱鬧了，常有人去**串門**。」

「啊，是嗎？那麼，他的客人之中有沒有一個叫豬德利的人？」

酒保正想回答，卻突然止住了，他好像感受到什麼**威脅**似的，連忙轉身走向酒櫃那邊，假裝忙活去了。

「**你找豬德利幹什麼？**」

這時，福爾摩斯身後傳來了一把沙啞又粗魯的聲音。

福爾摩斯轉身往後看去，說時遲那時快，一個**拳影**已至，他連忙側身一閃，但那拳來得太過突然，眼角還是被擊中了。

一個**踉蹌**，福爾摩斯被打得倒在地上，眼角破了，流下了一條血線。

「哼！臭小子，在這裏鬼鬼祟祟的問東問西，一定有不軌的企圖！」那人露出尖利的**獠牙**，兇神惡煞地喝道，「我就是你大爺豬德利，想找我晦氣嗎？」

　　福爾摩斯霍地從地上跳起，迅速地脫下外衣，並高聲對在場的客人說：「各位都見到了，是他偷襲我在先，我有權 **自衛還擊** 啊！」

　　酒吧內的十多個客人都握緊着酒杯退到一旁，難得可以邊喝酒邊看免費拳賽，大家都顯得 **興致勃勃** 。

「還擊？呸！」豬德利狠狠地吐了一口口水，「你大爺的拳可不是吃素的，不怕我打爆你的狗頭，就來吧！」說着，已擺開**西洋拳**的架式，同一瞬間，他右腳往後一蹬，直向福爾摩斯衝去。

頭重腳輕，利攻下盤！福爾摩斯一瞥之下，戰術已定。

那野豬**左右開弓**，一拳又一拳攻至，福爾摩斯上身左右搖晃，輕易就避開了攻擊。

「機會到！」福爾摩斯趁野豬右拳落空失去身位之際，迅即踏前佔據空位，掄起左拳直往那豬頭攻去。

「**哎呀！**」一聲慘叫響起，豬德利的右頰結結實實地中了一拳。同一剎那，福爾摩斯的右拳已至，「篷」的一聲打中那臭豬的豬肚。

野豬一個跟蹌，下盤已失守，福爾摩斯看準機會，用腳輕輕一絆，野豬失去平衡向前傾倒，福爾摩斯噠噠兩下往後輕退，突然又以迅雷不及掩耳之勢，掄起上勾拳，狠狠地瞄準野豬的下顎轟去。

只見豬德利已被轟至凌空彈起，然後嘭然一下巨響倒在地上。整個搏擊過程只不過是數秒之間，已看得酒客們個個目瞪口呆，鴉雀無聲。

豬德利一動不動的癱在地上，他臉上青一塊紫一塊的，原本已難看的樣貌就更難看了。

福爾摩斯施施然地走回吧檯，把那杯尚未喝完的啤酒一飲而盡。這時，圍觀的酒客才如夢初醒，猛烈地拍起掌來。福爾摩斯攤開雙手，像話劇演員謝幕似的，向場中的觀眾環視一周，並一一點頭致謝。接着，他向酒保打聽了一下小鎮教堂的所在後，就披上外衣離開了。

緊急的來信

「後來那個叫豬德利的怎樣了？你沒把他打死吧？」華生聽完福爾摩斯的憶述後，緊張地問。

「哈哈哈！我沒打他的**要害**，只是把他打暈罷了。我看他不到半個小時就會醒過來。」福爾摩斯笑道。

「那個豬德利竟然偷襲，實在太**卑鄙**了，怪不得史密斯小姐那麼討厭他。」華生氣憤地說。

福爾摩斯摸一摸已讓華生貼上膠布的傷口，說：「他

偷襲才好呢，不然，我就沒有正當的理由把他教訓一頓了。」

華生也覺得有道理，如果自己先出手的話就理虧了。不過，他也很後悔沒有跟着一起去，否則，就不會錯失親眼欣賞「**拳賽**」的機會了。

「對了，聽你的描述，你好像精通西洋拳術，是從哪裏學來的？」華生好奇地問。

「當然在拳館學的，但我還懂一種很實用的**搏擊術**，可以一出手就把人摔到老遠，是從一個東方人那裏學來的。你要不要試一試？」福爾摩斯笑問。

華生連忙搖頭拒絕：「算了，這種東西試來幹嗎？還是留給你用來對付**惡棍**吧。」他知道，福爾摩斯所謂的「試一試」也會動真格的，給他摔倒了可能要躺在床上半個月，想一

想都冷汗直流了。

「這次雖然查不到很多東西，但郊遊之餘還可以認真地動一下**筋骨**，實在太痛快了。」福爾摩斯說完，又埋首於他桌上那堆文件之中，他還沒辦完那宗叫他頭痛不已的煙草商案件呢。

只安靜了幾天，在星期四，貝格街 221 號 B 又收到了史密斯小姐的**來信**。

信中這樣寫道：

福爾摩斯先生，我已決定辭去家庭教師的工作了。這份工作雖然薪金豐厚，但自從卡拉瑟斯先生向我求婚後，我的處境實在尷尬，加上那個可惡的豬德利又再次出現了。我在窗口遠遠看見他拿

着一封電報與卡拉瑟斯先生發生激烈的爭吵，而且他好像遇上了什麼意外似的，臉上腫得青一塊紫一塊，令本來已面目可憎的他更形恐怖了。

　　卡拉瑟斯先生已購置了一輛小馬車，我不必單獨經過那條危險的荒僻路段了，所以請放心，我會在這個星期六安全回到倫敦，一切即將過去。

「太好了，這樣的話，史密斯小姐就不必再**擔驚受怕**了。」華生看完信後，鬆了一口氣。

「真的嗎？我倒認為最**危險**的時刻快將到來呢。」福爾摩斯說。

「此話怎講？」華生不明所以。

福爾摩斯列舉了幾個理由。

① 史密斯小姐是被利誘到那個農莊工作的，現在留不住她了，策動陰謀的人必會**有所行動**。

② 豬德利常在查寧頓大宅出入，表明那兒已是他的巢穴，那個老牧師威廉森一定是他的**同黨**。他們花那麼多時間和金錢在那裏籌備，目的未達一定不會收手，否則所有「**投資**」就泡湯了。

③ 最重要的是，豬德利收到一封電報，並手持電報與卡拉瑟斯先生發生**激烈爭吵**，這顯示他非常焦急，已不能再等下去了。

華生聽完福爾摩斯的推論後，沉思了片刻，提出了幾個疑問：「他們那伙人的陰謀究竟是什麼？在一個**生活清苦**的女子身上，不可能榨出半點油水呀。還有，那個豬德利為什麼找一個**老牧師**當同黨？要做壞事，應該找個孔武有力的流氓才對啊。對了，那封**電報**又有什麼含意，為何豬德利收到電報後那麼緊張？最後，就是那個騎車跟蹤史密斯小姐的**黑衣人**了，他在整個事件中扮演的又是什麼角色呢？」

「哈哈哈，問得好！只要能夠解答這些疑問，我們等於已經**破案**了。」福爾摩斯笑道。

華生以懷疑的目光斜眼瞄了一下福爾摩斯，說：「哼！笑得這麼開心，看來你不打算把答案告訴我吧？」

「哎喲，果然是我的好搭檔，我在想什麼都讓你猜中了。是的，在未證實我的想法之前，實在**無可奉告**。」福爾摩斯木無表情地答道。

華生聳聳肩，裝出滿不在乎的樣子說：「沒關係。」他知道，如果他現在表現得很焦急的話，這個頑皮的老搭檔就會更開心、更得意了，這個可不能讓他**得逞**。

「不過，你打算下一步怎辦？這個總得告訴我吧。」華生沒好氣地問。

「還用說嗎？史密斯小姐習慣乘搭**星期六**

12時22分 的火車離開方漢鎮，我們提早一個小時到那段危險的路埋伏，等候犯人現身就行了。」福爾摩斯說完，就倒在沙發上睡午覺去了。

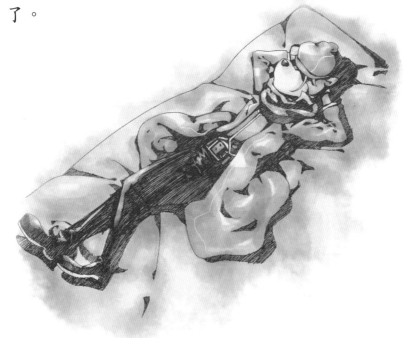

可是，這時的福爾摩斯還未察覺，他的這個決定犯了一個簡單卻又極其嚴重的錯誤，幾乎把史密斯小姐的人生推向毀滅的邊緣！

驚險大追捕

星期六，福爾摩斯和華生計算好史密斯小姐出行的習慣，提早於早上**10時30分**左右已抵達方漢鎮，以華生上次來訪的經驗，他們只須步行大約半個小時，即是**11時**就能到達經過查寧

頓大宅前面那段荒僻的馬路。史密斯小姐應該約於**11時30分**經過，他們還有足足 30 分鐘準備埋伏。

可是，他們在路上只走了 10 分鐘，卻突然聽到一陣急促的**馬蹄聲**，只見一輛馬車一直向他們這邊衝過來，福爾摩斯和華生連忙閃到一旁。但兩人定睛一看，發現正衝過來的馬車上竟然**空無一人**！

「糟糕！史密斯小姐提早了出發！」福爾摩斯**大驚失色**。但他沒有失去冷靜，驚呼的同時已看準

馬兒的來勢，當馬兒在他身邊衝過時，他用盡全力一蹬，一手拉住了韁繩，並借力躍上了馬背，馬兒跑多了十來碼後，就被他拉停了。

「華生！史密斯小姐一定是中途被擄了，我們乘這輛馬車趕過去！」福爾摩斯叫道。華生聞言連忙跑過去，攀上了馬車。

可是，無論福爾摩斯怎樣斥喝和揮打馬鞭，那匹頑固的馬兒就是不肯掉頭，還「嘶嘶」大叫地亂跳，好像誓要把福爾摩斯摔下來。

「這匹馬一定是受驚了，牠

完全**不聽使喚**。」福爾摩斯使勁地拉着韁繩，勉強控制住**躁動不安**的馬兒，但已急得如熱鍋上的螞蟻，不知如何是好。

這時，身後傳來了華生的說話：「你懂得騎車嗎？」

「騎車？什麼意思？」

「這裏有一輛**自行車**。」

「什麼？」福爾摩斯連忙回過頭來，果然，一輛自行車平放在馬車後面的載貨台上。

「你代我拉着韁繩，我騎車追趕！」說着，福爾摩斯把韁繩交給華生，自己跳下車。

他很容易就把車取下來，並奮力地推着車助跑了幾步，接着一個翻身跨上車。眨眼之間，他已如箭般在那條荒僻的馬路上飛馳了。

踏呀、踏呀，車輪飛快地旋轉，兩邊的風

景 *呼嘯而過*，福爾摩斯原來還是個騎車高手。他來到一個急彎，只是把上身稍稍傾側，呼的一聲，就在彎角邊拐過去了。當開到查寧頓大宅外面的那段路時，突然，一個**黑衣人**出現了，他騎着車朝福爾摩斯這邊衝過來！

那人似乎也被福爾摩斯的出現嚇了一跳，他和福爾摩斯幾乎同時間把車*剎停*。

黑衣人迅速跳下車，並從腰間拔出**手槍**喝問：「你怎會騎着史密斯小姐的自行車？她人呢？載她的馬車呢？」

　　福爾摩斯也跳下車來，答道：「我是她的朋友，她叫我來接她的，但中途看見一輛沒載人的馬車，車上只有這輛自行車，所以我騎車來找她。」

　　「**糟糕！**一定是被豬德利那臭豬攔途擄走了！」黑衣人焦急地說。

　　就在這時，路旁的樹林中傳來了一陣**呻吟**的聲音。黑衣人和福爾摩斯對望了一下，連忙一起衝進樹林中，只見樹林的小路旁邊躺着一個年輕人，他的額頭流着血，正想勉強站起來。

　　「**彼得！**你怎會在這裏？史

密斯小姐呢？」黑衣人衝前向那年輕人問道。

「她……她被人擄走了，我的馬車被兩個人攔途截住，其中一人還用棍子襲擊我……」這個叫彼得的年輕人說，他看來就是那輛馬車的**馬車夫**。

「這些慢慢再說，先告訴我們那兩個壞蛋逃走的方向！」福爾摩斯喝問。

「往……往那邊走去了……」彼得指着一條通往**樹林深處**的小路。

黑衣人沒聽彼得說完，已一枝箭似的往指示的方向奔去。

「你在這裏別動，我們救出史密斯小姐後再來找你。」福爾摩斯**拋下**這句說話，又跟着黑衣人後面跑去了。

黑衣人跑到一個分岔路口停了下來，看來

不知道往哪個方向追去才好。福爾摩斯趕至，他一眼瞥見右邊小路樹枝上鉤住了一塊碎布，於是對黑衣人說：「看！」

「啊！是從史密斯小姐的裙擺上鉤下來的。」話音未落，黑衣人就往右邊的小路跑去了。福爾摩斯也跟着走去。

只不過跑了幾十碼，他們在樹叢之間若隱若現地看見了一座小涼亭，有三個人影在涼亭下晃晃動動。

兩人跑前一看，只見史密斯小姐頭向側垂，看來已昏過去了。她身旁站着兩個人，一個

就是那個可惡的豬德利，另一人則身穿牧師的白袍，但長得**惡形惡相**，一看就知不是個好人。

豬德利看見黑衣人來了，就大笑道：「哈哈哈！你來遲一步了，我剛和史密斯小姐**結婚**了。」

黑衣人叫罵：「你這個卑鄙小人，史密斯小姐又怎會答應嫁給你！」

「哈哈哈！」豬德利指着那個牧師說，「這位是威廉森牧師，他是我們的**證婚人**，我們已在神前宣誓，他可以作證。你可不要妒忌啊，

史密斯小姐已是我的妻子了。」

黑衣人怒不可遏，他舉槍指向豬德利大叫：

「不！她不是你的妻子，
她是你的寡婦！」

話音剛落，「砰」的一下槍聲就響起，嚇得林中小鳥們「吱嗱吱嗱」地四散飛竄。

福爾摩斯想阻止已來不及了，只見豬德利瞪着萬分驚愕的眼睛，用手按着中槍的上胸，「啪」的一下倒在地上。本來由他撐扶着的史密斯小姐失去了依靠，也隨即倒了下來。

這時，身後傳來了腳步聲，原來華生和那個年輕的馬車夫也趕到了。他們看到此情此景，嚇得愣住了。

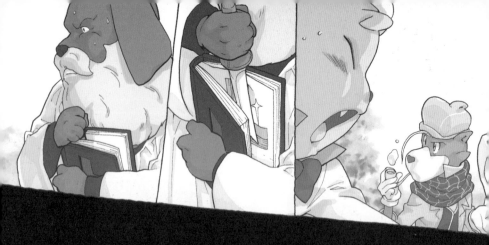

乘亂之際，那個牧師暗中打開手上的聖經，悄悄地從裏面抽出一把**匕首**，突然就往福爾摩斯的背脊插去。

華生見狀大驚，還未來得及示警，只見福爾摩斯已一個**閃身退後**，用肩膀架住牧師持刀的右手，順勢一手抓住他的右臂，再用臀部撞向牧師的腹部，然後猛然彎腰**用力一拉**，只見那牧師已被凌空拋起，在福爾摩斯的背上直往前摔，聖經、匕首和牧師身上掉下來的酒瓶也凌空

四散，然後「哎呀！」一聲慘叫響起，牧師結結實實地摔在草地上，痛得他頻呼求饒。

「華生，還呆在那裏幹什麼？快點去看看史密斯小姐！」福爾摩斯催促，同一瞬間，他已一手往黑衣人持槍的左手抓去，被大偵探的身手嚇得目瞪口呆的黑衣人，感到手心突然發麻，這才猛然醒覺手中之槍已被奪去。

華生聞言，才如夢初醒般奔過去，為史密斯小姐檢查了一下，她看來沒有受傷，只是受驚過度昏倒了。接着，華生也檢查了一下豬德利胸部的傷勢，幸好子彈沒打中要害，馬上搶救的話，他不會有生命危險。

福爾摩斯看到情況已被控制下來，於是回頭指着黑衣人說：「華生，讓我來介紹，這位就是騎車跟蹤史密斯小姐的神秘人，亦是她的僱主——卡拉瑟斯先生！」

黑衣人像貓兒洗臉般除下掛在臉上的黑

鬍子，非常坦白地說：「是的，我就是卡拉瑟斯。」

華生給弄糊塗了，卡拉瑟斯不是史密斯小姐口中的**正人君子**嗎？他為何要化裝成黑衣人跟蹤她呢？

華生並沒有時間問清楚整個案子的來龍去脈，他必須在馬車夫的協助下，把受了槍傷的豬德利和昏迷不醒的史密斯小姐送去方漢鎮的**醫院**。

與此同時，福爾摩斯也召來了**警察**，把那壞蛋牧師和卡拉瑟斯押送到警局盤問。卡拉瑟斯很坦白，他把真相一一道出，解開了案中的所有**疑團**。

真相大白

完事後，福爾摩斯和華生拖着**疲累**的身子在火車站會合，趕上了回倫敦的最後一班火車。

火車上，福爾摩斯問：「對了，你剛才的出現嚇了我一跳，你不可能這麼快就跑到呀？」

「我是駕那輛馬車趕過去的，我**撫摸**了一下那馬兒，牠就安定下來了。後來又碰到了那個馬車夫，在他引領下就找到你們了。」

「原來如此，我還以為你只善於和美女溝通，真不知道你與馬兒也有這麼強的**溝通能力**呢。」福爾摩斯笑說。

「別取笑我了，快解答我心中的疑問吧。」華生沒好氣地說，「卡拉瑟斯先生為什麼要化身成黑衣人跟蹤史密斯小姐？」

「**為了保護她。**」

「保護？此話怎講？」

「因為他知道豬德利會對史密斯小姐不利，但又不想她離開，所以只能遠遠地保護她。」福爾摩斯說。

「卡拉瑟斯把實情相告不就行了嗎？他為何不這樣做？」華生問。

「很簡單，如果說出**實情**，史密斯小姐一定會辭職不幹。」

「如此說來，這個『實情』一定是此案的關鍵了。」華生估計。

「對，卡拉瑟斯和豬德利在南非認識，他們知道史密斯小姐的叔父身患重病快將死去，為了奪取他的**遺產**，就回到倫敦接近史密斯小姐。」福爾摩斯說。

「啊！他們之前說史密斯小姐的叔父死了，原來是假的？」

「沒錯，她的叔父在南非開採**金礦**發了財，可惜**膝下猶虛**，沒有兒女可以繼承他的遺產。」

「啊，我明白了。」華生恍然大悟，「史密斯小姐是唯一的親戚，一旦叔父死了，她就可以承繼遺產。」

「所以，卡拉瑟斯和豬德利登報尋人，並借故親近，只要史密斯小姐**下嫁**他們其中一人，遺產最終就會落入他們手中。」福爾摩斯說。

「後來他們兩人**內訌**，為了獨佔遺產，就搶着求婚。卡拉瑟斯跟蹤史密斯小姐，其實是

不想豬德利搶去他手中的肥肉！」華生推論。

　　福爾摩斯笑着搖搖頭，說：「你只猜對了一半。」

　　「猜對了一半？什麼意思？」

　　「不錯，最初他們兩人都不懷好意，但卡拉瑟斯與史密斯小姐相處久了，竟然真的愛上了她，他的求婚是**真心真意**的。」福爾摩斯說出了叫人意外的真相。

　　「原來如此，但豬德利一定不會同意吧？」華生問。

　　「豬德利不是不同意，他根本不相信卡拉瑟斯真心愛上了史密斯小姐，還一口咬定卡拉

瑟斯企圖**獨吞**遺產。為了保護史密斯小姐，卡拉瑟斯只好與豬德利對賭。」

「對賭？賭什麼？」華生問。

「**賭21點**，贏了的話，就擁有求婚的權利。可惜的是，卡拉瑟斯賭輸了。」

華生聽到這裏不禁啞然，一個女子的婚姻大事，竟然會被兩個第三者在賭桌上**定斷**，實在太荒謬了。

「還記得史密斯小姐提過的那封**電報**嗎？」福爾摩斯問。

「記得，她說豬德利手持電報與卡拉瑟斯發生過激烈的爭吵。」

「沒錯。那封電報是從南非**約翰內斯堡**發來的，上面寫着史密斯小姐的叔父的**死訊**。」福爾摩斯說。

「啊！所以豬德利必須趕緊行動，他威逼卡拉瑟斯交出史密斯小姐，但卡拉瑟斯不允，於是，他只好找來一個牧師，強行把史密斯小姐擄走，並匆匆舉行**婚禮**，製造既成事實。」

華生回想在小涼亭旁看到那

幕血腥的場面，終於明白了整個事件的始末。但他有一點很擔心，如果婚禮真的在牧師面前宣誓舉行了，縱使豬德利是個大壞蛋，史密斯小姐仍是他的妻子，因為，**在英國是不可以離婚的**！*

福爾摩斯一句話就消除了他的擔心：「那個牧師已一早被免職了，他與冒牌貨並無不同。這個情報，我早已從方漢鎮的教堂中得知，所以豬德利其實是白費心機。」

華生想來也覺有理，一個正常的牧師又怎會與豬德利這種人為伍，幹得出逼婚這種勾當的牧師，十居其九是已被革職的**敗類**。

*當時，英國法律並不允許男女在結婚後離婚

想到這裏，華生鬆了一口氣道：「史密斯小姐只須留院觀察一兩天就可出院，我們又破了一宗奇案，回到倫敦應該**慶祝**一下呢。」

然而，福爾摩斯並不雀躍，他無精打彩地說：「一點也不值得慶祝。」

華生不明所以，破了案也不興奮，不像平時的福爾摩斯啊。

「因為我的**粗心大意**，幾乎誤了大事，還有何資格慶祝？」福爾摩斯道出他的理由，「我對自己的估計過於**自信**，以為史密斯小姐一定會乘搭平時乘搭的那班火車離開方漢鎮，所以算錯了時間，去到那裏時已遲了一步。我竟然沒想到，

她急於離開那個 <u>是</u>**非之地**，極可能乘更早的班次，實在太大意了。」

華生雖然同意福爾摩斯的說法，但仍安慰：「你最近太忙了，忽略了這一點也難怪。」

「不！」福爾摩斯斷然否定，「我不可以用這個理由為自己**開脫**，忙就要更加提高警覺，更加小心行事。我太魯莽了，幸好豬德利襲擊那個馬車夫時出手並不重，否則說不定還會弄出**人命**啊！」說完，福爾摩斯閉上眼睛，但他的眉頭緊皺，似仍不能寬恕自己的過失。

華生看着這個老搭檔，深深感受到他內心的痛楚，與此同時，也為他的嚴厲**自省**而深受感動。因為華生知道，

一個**嚴於律己**、**時刻反省**的人才會不斷進步，而福爾摩斯正是這種人。他通過這次的反省，肯定又會踏前了一步，為日後破解更複雜的案件打下更堅實的基礎！

數星期後，豬德利被**重判**入獄十年，那個冒牌牧師則入獄七年。至於動了真情的卡拉瑟斯，在一個人的求情下，只嘗了三個月的鐵窗滋味就出獄了。那個為他求情的，不是別人，就是那位美麗的自行車女郎——史密斯小姐。

P.57答案：福爾摩斯不用轉身也能夠看到華生的表情，是因為他把放大鏡放在一本黑色封面的書上，製造出一個臨時鏡子。他用這塊鏡子一照，就能看到華生的表情了。

by Sidney Paget (1860~1908)

此集故事改編自柯南‧
道爾於1904年1月發表的原
著「The Solitary Cyclist」。
當時在雜誌（The Strand
Magazine）上刊登這個故事
時，也附有插圖，這幅就是史
密斯小姐被黑衣人跟蹤的場
面。余遠鍠老師就是根據這幅
畫的構圖，繪製出構圖相近，
但風格完全不同的圖畫。

by Sidney Paget (1860~1908)

這是另一幅原著的插圖，描寫福爾摩斯在酒吧中與壞蛋搏擊的場面，構圖和打法都非常簡單。余遠鍠老師在繪畫這個打鬥場面時，豐富了不少細節。此外，為了加強動感，在構圖上也加多了變化。

騎車① 騎車②

你騎過自行車嗎？

當然騎過。

你坐過自行車嗎？

當然坐過。

我摔過好多次才學會。

騎車怎會摔倒的？你實在太差了。

我摔過好多次才學會。

那麼容易還要學？

難道你沒摔倒過嗎？

難道你不用學就會嗎？

從未試過啊。

這樣就不用學了。

福爾摩斯科學小魔術

冰吊飾項鏈

有什麼適合小女孩玩的實驗？

有呀，不如製一條女孩子喜歡的項鏈吧。

①

冰塊
線
鹽

先準備冰塊、一條濕了水的線和一小堆鹽。

把線橫放在冰塊上，然後在線和冰上撒鹽，記住不要撒太多啊。

③

看，冰塊黏在線上，成為一條冰吊飾項鏈了。

科學解謎 為什麼冰塊會黏住了線呢？

由於在冰上撒了鹽後，冰的溫度會急速下降，於是令滲透在線上的水也結成冰（水在攝氏0度會結冰）。這麼一來，線就會黏在冰塊上，變成了「冰吊飾項鏈」了。

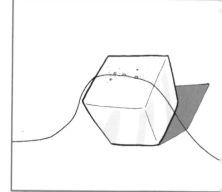

my notes

(my name)

大偵探福爾摩斯 ⑩ 自行車怪客

原著 / 柯南·道爾
（本書根據柯南·道爾之《The Solitary Cyclist》改編而成。）

改編&監製 / 厲河　　　　繪畫&構圖編排 / 余遠鍠

封面設計 / 陳沃龍　　　內文設計 / 麥國龍　　　編輯 / 蘇慧怡

出版
匯識教育有限公司
香港柴灣祥利街9號祥利工業大廈2樓A室

想看《大偵探福爾摩斯》的
最新消息或發表你的意見，
請登入以下facebook專頁網址。
www.facebook.com/great.holmes

承印
天虹印刷有限公司
香港九龍新蒲崗大有街26-28號3-4樓

發行
同德書報有限公司
九龍官塘大業街34號楊耀松（第五）工業大廈地下
電話：(852)3551 3388　　傳真：(852)3551 3300

第一次印刷發行　　　　　　　　　　　　　　2012年2月
第十二次印刷發行　　　　　　　　　　　　　2020年4月
Text：©Lui Hok Cheung　　　　　　　　　　翻印必究
© 2012 Rightman Publishing Ltd. All rights reserved.

未經本公司授權，不得作任何形式的公開借閱。

本刊物受國際公約及香港法律保護。嚴禁未得出版人及原作者書面同意前以任何形式或途徑(包括
利用電子、機械、影印、錄音等方式)對本刊物文字(包括中文或其他語文)或插圖等作全部或部分抄
襲、複製或播送，或將此刊物儲存於任何檢索庫存系統內。
又本刊物出售條件為購買者不得將本刊租賃，亦不得將原書部分分割出售。
This publication is protected by international conventions and local law. Adaptation, reproduction or transmis-
sion of text (in Chinese or other languages) or illustrations, in whole or part, in any form or by any means,
electronic, mechanical, photocopying, recording or otherwise, or storage in any retrieval system of any nature
without prior written permission of the publishers and author(s) is prohibited.
This publication is sold subject to the condition that it shall not be hired, rented, or otherwise let out by the
purchaser, nor may it be resold except in its original form.

若發現本書缺頁或破損，
請致電25158787與本社聯絡。

ISBN:978-988-77861-9-1
港幣定價 HK$60
台幣定價 NT$270

網上選購方便快捷　　購滿$100郵費全免
詳情請登網址 www.rightman.net

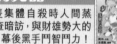